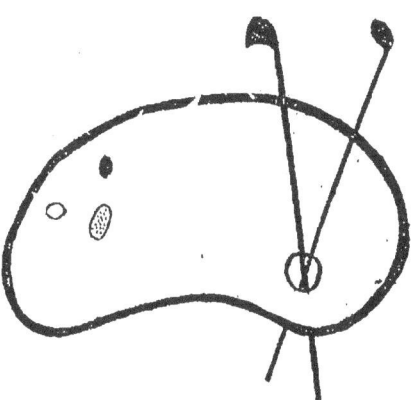

DEBUT D'UNE SERIE DE DOCUMENTS
EN COULEUR

18 Janvier 1861

CATALOGUE

D'UNE JOLIE COLLECTION

DE

TABLEAUX

ANCIENS

Des Écoles Italienne, Flamande, Hollandaise & Française

Provenant de l'Étranger

DONT LA VENTE AURA LIEU

HOTEL DES COMMISSAIRES-PRISEURS

RUE DROUOT, N° 5

GRANDE SALLE N° 7

Le Vendredi 18 Janvier 1861

A 2 HEURES PRÉCISES.

Par le ministère de Me **DELBERGUE-CORMONT,** Cre-Priseur,
rue de Provence, 8,

Assisté de M. **DHIOS,** Expert, rue Le Peletier, 33,

Chez lesquels se distribue le Catalogue.

EXPOSITION PUBLIQUE

Le Jeudi 17 Janvier 1861, de 1 heure à 5 heures.

PARIS

RENOU & MAULDE

IMPRIMEURS DE LA COMPAGNIE DES COMMISSAIRES-PRISEURS

RUE DE RIVOLI, 144.

1861

EXEMPLAIRE DE DHIOS

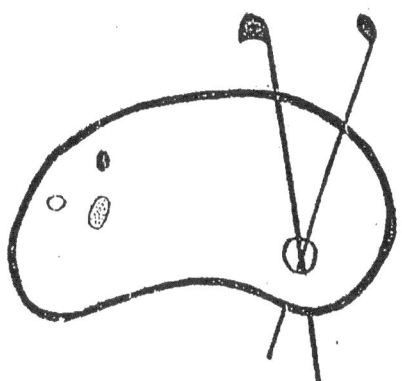

FIN D'UNE SÉRIE DE DOCUMENTS
EN COULEUR

CATALOGUE

D'UNE JOLIE COLLECTION

DE

TABLEAUX

ANCIENS

Des Écoles Italienne, Flamande, Hollandaise & Française

Provenant de l'Étranger

DONT LA VENTE AURA LIEU

HOTEL DES COMMISSAIRES-PRISEURS

RUE DROUOT, N° 5

GRANDE SALLE N° 7

Le Vendredi 18 Janvier 1861

A 2 HEURES PRÉCISES.

Par le ministère de M° **DELBERGUE-CORMONT**, C°°-Priseur,
rue de Provence, 6,

Assisté de M. **DHIOS**, Expert, rue Le Peletier, 33,

Chez lesquels se distribue le Catalogue.

EXPOSITION PUBLIQUE

Le Jeudi 17 Janvier 1861, de 1 heure à 5 heures.

PARIS

RENOU & MAULDE

IMPRIMEURS DE LA COMPAGNIE DES COMMISSAIRES-PRISEURS
RUE DE RIVOLI, 144.

1861

CONDITIONS DE LA VENTE.

Elle sera faite au comptant.

Les acquéreurs paieront, en sus des adjudications, cinq pour cent applicables aux frais de vente.

———

DÉSIGNATION

DES

TABLEAUX

AVERCAMP (Henry van).

299 +1 — Une Foire de village.

Bois.—H. 72 c. L. 57 c.

BARTHOLOMÉ BRÉENBERG.

80 +2 — Paysage avec Figures sur le premier plan.

Cuivre ovale.—H. 54 c. L. 72 c.

BOUCHER (école de).

93 + 3 — Nymphe jouant de la lyre.

Toile.—H.   c. L.   c.

BERGHEM (attribué à).

121 +4 — Paysage avec deux bergers, trois ânes et un chien.

Bois.—H. 40 c. L. 54 c.

VAN BALEN et BREUGHEL.

86

✝ 5 — Diane et ses Nymphes, entourées de chiens et de gibier, se reposent dans une forêt.

Bois.—H. 63 c. L. 88 c.

CANALETTI.

166

✝ 6 — Vue d'une place à Venise.

Toile.—H. 72 c. L. 104 c.

CARLO DOLCI.

2,0

✝ 7 — Buste de Jésus enfant.

Bois.—H. 41 c. L. 30 c.

CARRACHE (Louis).

100

✝ 8 — La Vierge à la cerise. *3 v v v*

Toile.—H. 100 c. L. 74 c.

CHAPRON.

107

✝ 9 — Bacchanale.

Toile.—H. 75 c. L. 91 c.

CLAUDE LORRAIN (attribué à).

160

✝ 10 — Paysage. Soleil couchant.

Toile.—H. 04 c. L. 77 c.

DU MÊME.

86

✝ 11 — Berger gardant un troupeau au milieu de ruines.

Toile.—H. 30 c. L. 46 c

CLAUDE LORRAIN (école de).

+ 12 — Le Retour d'Orion à Athènes.

Bois.—H. 91 c. L. 129 c.

COLLÉNIUS (signé).

+ 13 — Portrait d'une jeune dame servie par un nègre.

Toile.—H. 74 c. L. 86 c.

CRESPI.

14 — Nymphes coupant les ailes des Amours endormis.

Scène tirée du Décaméron.

Toile.—H. 104 c. L. 180 c.

DU MÊME.

15 — Nymphes endormies.

Scène tirée du Décaméron.

(Ces deux tableaux proviennent de la collection Joshua Reynolds.)

Toile.—H. 104 c. L. 180 c.

G. DOW (signé 1635).

+ 16 — Jeune Dame tenant un éventail.

Bois—H. 20 c. L. 15 c.

F. MOUCHERON et B. GUEL.

+ 17 — Paysage orné de jolies figures, avec vue de ville dans le fond.

Toile.—H. 85 c. L. 116 c.

GILLEMANS.

160 —

18 — Fruits et Oiseaux dans un paysage.

Toile.—H. 40 c. L. 59 c.

GRIFFIER.

27

— 19 — Paysage. Vue prise sur les bords du Rhin.

GRYF.

97

20 — Chien gardant des oiseaux.

DU MÊME.

21 — Lièvre et gibier mort.

DU MÊME.

80

22 — Lièvre pendu à un arbre.

DU MÊME.

23 — Chien gardant du gibier mort.

(Quatre pendants.)

Bois.—H. 10 c. L. 16 c.

J. GURNAER.

82

24 — Jeune Fille à la fontaine.

Bois—H. 65 c. L. 48 c.

HAMILTON.

18

— 25 — Chien en arrêt devant des perdrix.

Toile.—H. 37 c. L. 46 c.

HONDEKŒTER.

181 + 26 — Coqs, Poules et Poussins dans une basse-cour.

Toile.—H. 87 c. L. 120 c.

DU MÊME.

190 + 27 — Coqs, Poules et Dindons.

Toile.—H. 106 c. . 132 c.

HEEMSKERCK.

27 — 28 — Moines en prières dans une grotte.

Bois.—H. 25 c. L. 21 c.

HUGTEMBURG.

+ 29 — Cavaliers dans un paysage.

Toile.—H. 56 c. L. 70 c.

DU MÊME.

19 + 30 — Cavaliers et Soldats près d'un pont.

Toile.—H. 41 c. L. 64 c.

JOSÉPIN (CESARI GIUSEPPE dit le).

120 + 31 — Adam et Ève chassés du paradis.

Cuivre.—H. 51 c. L. 35 c.

KAREL DUJARDIN (attribué à).

— 32 — Intérieur d'écurie avec bestiaux.

Bois.—H. 46 c. L. 62 c.

KNELLER.

160

33 — Portraits de jeunes enfants représentés dans un parc regardant un nid d'oiseaux.

Toile.—H. 120 c. L. 102 c.

KOBEL.

34 — Bestiaux au pâturage.

Bois.—H. 51 c. L. 75 c.

KONNINCK.

140

35 — Paysage. A l'entrée d'une forêt deux voyageurs se reposent.

Toile.—H. 77 c. L. 118 c.

LANDSEER.

36 — Le Chien chasseur.

Toile.—H. 62 c. L. 49 c.

LEDUC (JEAN).

37 — Personnages à table.

Toile.—H. 34 c. L. 41 c.

DU MÊME.

38 — Conférence d'animaux.

Bois.—H. 44 c. L. 79 c.

Mlle LEDOUX.

39 — Tête de jeune fille.

Toile.—H. 46 c. L. 36 c.

LUCA CRANACH.

40 — Lucrèce.

Bois.—H. 33 c. L. 23 c.

LUINI (Bernardino).

41 — La Vierge, Jésus et saint Jean au milieu d'un
paysage.

Bois de cèdre.—H. 75 c. L. 62 c.

MAGLIETTA.

42 — Gibier, Fruits et Tapis.

Toile.—H.   c. L.   c.

MIEL (Jean).

43 — Paysans conduisant une voiture.

Bois.—H. 53 c. L. 43 c.

DU MÊME.

44 — Scène de bateleurs.

Toile.—H. 88 c. L. 53 c.

MORRIS.

45 — Moutons des montagnes d'Ecosse.

Toile.—H.   c. L.   c

DU MÊME.

46 — Moutons gardés par un chien.

Toile.—H.   c. L.   c.

MOMERS.

47 — Marché aux légumes.

Bois.—H. 48 c. L. 65 c.

MOLA (François).

48 — Moïse sauvé des eaux.

Toile.—H. 120 c. L. 133 c.

NETSCHER (Gaspard).

49 — Portrait de Mme de La Sablière.

Toile.—H. 47 c. L. 35 c.

PALAMÈDES.

50 — Bataille de cavalerie.

Bois.—H. 48 c. L. 75 c.

DU MÊME.

51 — La Partie de cartes.

Bois.—H. 47 c. L. 57 c.

PAUL BRIL.

52 — Intérieur de forêt.

Toile.—H.   c. L.   c.

POUSSIN (Nicolas).

53 — La Charité triomphant de l'Avarice.

Toile.—H. 115 c. L. 92 c.

QUYLLIN (Erasme).

54 — Femme endormie surprise par un vieillard.

Toile.—H. 73 c. L. 105 c.

RAOUX (genre de Watteau).

55 — Personnages dans un parc, près d'une fontaine monumentale.

Toile.—H. 114 c. L. 128 c.

ROTTENHAMER.

56 — Alexandre peignant sa maîtresse Proxitelle.

Cuivre.—H. 38 c. L. 29 c.

REYNOLDS (attribué à).

57 — Portrait du duc de Cumberland dans sa jéunesse.

Toile.—H. 54 c. L. 45 c.

SWANEVELT (Herman).

58 — Paysage. Un troupeau de vaches traverse un gué.

(Effet de soleil couchant.)

Toile.—H. 101 c. L. 128 c.

THOMAS WYCK.

59 — Port de mer.

H.   c. L.   c.

TILBORG.

60 — La Leçon de Musique.

Bois.—H. 42 c. L. 56 c.

VAN BREDA.

61 — Halte de cavaliers.

Toile.—H. 47 c. L. 60 c.

VAN DER LEEN.

62 — Un Concert d'amateurs.

VAN DYCK ET J. VAN KESSEL.

63 — Le Christ au roseau. Superbe médaillon entouré de fleurs peintes par Van Kessel.

Cuivre.—H. 81 c. L. 60 c.

DES MÊMES.

64 — La Vierge tenant l'Enfant Jésus, entourés de fleurs.

Cuivre.—H. 81 c. L. 60 c.

VAN DYCK.

65 — La Vierge tenant l'Enfant Jésus dans ses bras.

Toile.—H. 137 c. L. 98 c.

VERBRUGEN.

66 — Vase rempli de fleurs.

Toile.—H. 114 c. L. 85 c.

VAN OORTH.

67 — Marie, mère de douleurs.

Bois.—H. 64 c. L. 50 c.

VAN VLIETH.

68 — Intérieur d'un Temple avec personnages. Effet de lumière.

Bois.—H. 64 c. L. 46 c.

WATTEAU (Antoine).

69 — Fête vénitienne dans un riche palais.

Toile.—H. 65 c. L. 84 c.

DU MÊME.

70 — Assemblée galante, où l'on voit plusieurs dames, pierrots et arlequins.

Toile.—H. 59 c. L. 72 c.

WATTEAU (Antoine, attribué à).

71 — Repos champêtre.

Toile.—H. 55 c. L. 50 c.

WATTEAU (de Lille).

72 — Marche militaire.

Cuivre.—H. 28 c. L. 34 c.

DU MÊME.

73 — Un camp Louis XV.

Bois.—H. 34 c. L. 43 c.

WILSON.

74 — Paysage boisé. Effet du matin.

Toile.—H. 71 c. L. 92 c.

WITTHOS (Mathieu).

♰ 75 — Paysage orné de fleurs et plantes sur le devant.

Bois – H. 87 c. L. 93 c.

ZUCCARELLI.

♰76 — Paysage orné de figures.

Toile.—H. 42 c. L. 63 c.

D'UN MONOGRAMME, Signé.

♰77 — Fruits divers.

Toile.—H. 63 c. L. 76 c.

BREUGHEL.

♰78 — Bouquet de fleurs.

Bois.—H. 71. L. 50.

RENOU et MAUDLE, imprimeurs de la Compagnie des Commissaires-Priseurs, rue de Rivoli, 144.   15536

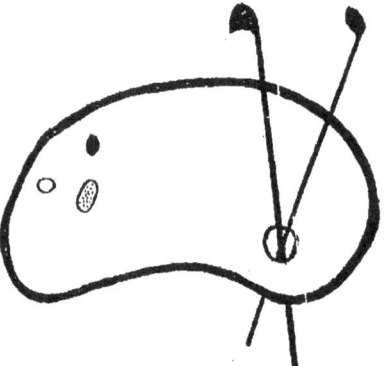

ORIGINAL EN COULEUR
NF Z 43-120-8

www.ingramcontent.com/pod-product-compliance
Lightning Source LLC
Chambersburg PA
CBHW061508170626
46811CB00004B/1657